LE BRUIT DES TROUSSEAUX

Paru dans Le Livre de Poche :

LES ÂMES GRISES
LE CAFÉ DE L'EXCELSIOR
LE MONDE SANS LES ENFANTS ET AUTRES HISTOIRES
LA PETITE FILLE DE MONSIEUR LINH

PHILIPPE CLAUDEL

Le Bruit des trousseaux

STOCK

© Éditions Stock, 2002.
ISBN : 978-2-253-07297-3 - 1re publication - LGF

Prison : *logis où l'on enferme ceux qu'on veut détenir.*

Dictionnaire d'Émile Littré

Pour vous

Sur le trottoir, la première fois où je suis sorti de la prison, je n'ai pas pu marcher immédiatement. Je suis resté là, quelques minutes, immobile. Je me disais que, si je le voulais, je pouvais aller à gauche, ou bien à droite, ou encore tout droit, et que personne n'y trouverait rien à redire. Je me disais aussi que, si je le voulais, je pouvais aller boire une bière, un *Ricard*, ou encore un cappuccino dans n'importe quel bistro, ou bien rentrer chez moi et prendre une douche, deux douches, trois douches, autant de douches qu'il me plairait. J'ai compris à ce moment que j'avais vécu jusqu'alors dans la jouissance d'une liberté dont j'ignorais l'étendue et les plus communes applications, voire l'exacte et quotidienne dimension.

Le surveillant-chef décidait des livres que les détenus pouvaient commander. *Le Festin nu* n'est jamais entré dans l'enceinte de la maison d'arrêt : le titre lui avait fait suspecter un livre subversif. Un jour, il m'avoua ne jamais lire. Il préférait la chasse et la « grande musique », Strauss notamment.

Dès qu'il me vit, Nicolas D. me dit qu'un jour il me retrouverait au-dehors et trancherait ma « belle petite gorge ». Puis il rit, longtemps. Ensuite, durant deux ans, nous nous apprivoisâmes. Il avait tué trois femmes dans des conditions que la presse locale avait qualifiées de « particulièrement atroces », ce qui à n'en pas douter était vrai. Il me demandait sans cesse de l'aider à obtenir un chantier extérieur : « Je viendrais chez vous, je m'occuperais de tout, je sais tout faire... » Ce « tout » m'amusait ou me faisait peur, selon les moments.

La prison avait une odeur, faite de sueurs mijotées, d'haleines de centaines d'hommes, serrés les uns contre les autres, qui n'avaient le droit de se doucher qu'une ou deux fois par semaine. Relents de cuisine aussi, où l'ail, le lard frit et le chou dominaient. Cuisine froide qui venait jusqu'aux cellules sur des chariots d'aluminium poussés par des détenus qu'on surnommait les *gamelles*.

On ne devrait pas dire « gardien de prison » : les prisons ne sont pas à garder, ce ne sont pas elles que l'on garde. On devrait plutôt dire « gardien d'hommes », ce qui serait plus proche de la réalité. Gardien d'hommes, un drôle de métier.

Un jour, j'ai croisé un ancien détenu dans la rue. Nous avons eu de la gêne à nous parler, alors que là-bas nous le faisions naturellement. Et puis à la fin, tandis que je lui disais au revoir, il a murmuré : « La prochaine fois, j'aimerais mieux que vous ne m'adressiez plus la parole, que vous fassiez mine de ne plus me voir. S'il vous plaît. Je ne veux plus y penser. »

La lettre qu'un détenu attend. La fin de peine qu'un détenu attend. Le colis qu'un détenu attend. Le parloir qu'un détenu attend. L'avocat qu'un détenu attend. La convocation du juge qu'un détenu attend. La date du procès qu'un détenu attend. La nuit qu'un détenu attend. Le pas du gardien qu'un détenu attend. Le mari assassiné que l'épouse attend. L'attente. Les heures et les jours de l'attente.

« En un an, nous allons vous préparer à

passer l'examen et à le réussir : il pourra vous être très utile par la suite. » En début d'année, le professeur annonçait cela aux détenus qui le regardaient. Ils avaient cinquante ans, vingt ans, quatorze ans. Ils se poussaient du coude, se roulaient une cigarette. Le professeur essayait de croire en ce qu'il disait. Il faisait très chaud dans la petite salle. « On ne peut pas régler le chauffage ! » disait continuellement le gardien du centre scolaire, qui passait beaucoup de temps à jouer au poker électronique sur son ordinateur, à composer et à imprimer grâce à ce même ordinateur des faire-part de naissance ou de mariage pour des parents, des amis, des collègues.

La prison était une maison d'arrêt : la maison d'arrêt est la prison la plus variée et la plus mouvante. Elle est très différente des centres de détention ou des maisons centrales dans lesquels les détenus savent à quoi s'en tenir puisqu'ils y viennent une fois leur condamnation prononcée. À la maison d'arrêt, les détenus restaient quelques jours ou quelques années. Les prévenus côtoyaient les condamnés. Certains y étaient incarcérés pour des vols de scooter, d'autres pour des triples meurtres. Beaucoup ne savaient pas combien de nuits ils dormiraient encore dans les cellules vétustes dont les carrelages et les murs s'écaillaient. Aucun ne pouvait circuler librement dans l'enceinte de l'établissement. Chaque geste devait au préalable être autorisé par un gardien. Chaque participation à une activité devait faire l'objet d'une demande écrite. L'administration n'avait pas l'obligation de motiver son refus éventuel. Par le fait, elle le motivait rarement.

Le prétoire : lieu inconnu, comme le *mitard* — qui est une sorte de fantasme obscur, sans visage et sans lumière. Le prétoire fonctionne en secret. Il est présidé par le directeur de la prison. Il juge en l'absence de tout défenseur. C'est une sorte d'Inquisition interne, mesurée et sans appel. Les détenus en parlaient beaucoup, comme ils parlaient beaucoup de tabac, de remises de peine, de programmes de télévision, de femmes.

Le pantalon et la veste de jogging étaient le nouvel uniforme du prisonnier. On lisait la richesse des détenus à la nouveauté du modèle qu'ils portaient, au fait aussi d'en posséder plusieurs, de différentes marques.

C'était une après-midi, vers quinze heures. Je descendais un escalier du quartier central avec quelques détenus. Nous croisâmes un autre groupe qui revenait de la promenade. Tout alla très vite. Un homme sortit un stylo *Bic*, s'en servit comme d'une arme, et creva un œil qui se mit à couler comme du jaune d'œuf.

Alfred J., ancien légionnaire, la cinquantaine grise. Il balayait les couloirs et les salles du centre scolaire. Nous discutions toujours quelques minutes, de football et de météorologie. Je l'ai connu pendant trois ans. Chaque semaine, il me disait qu'il allait être libéré le lendemain.

Il y avait parfois entre les gardiens des conversations d'où, on le sentait bien, les autres, les détenus, étaient exclus. Pourtant, ces conversations se déroulaient devant eux, à côté d'eux. Mais c'était comme si les gardiens considéraient les détenus comme inexistants, absents, sans ouïe, sans intelligence de ces dialogues qui se jouaient sans eux. Cela me rappelait les discussions des médecins devant le patient alité, lors de la visite matinale dans les hôpitaux.

Les familles attendaient les parloirs dans le sas d'entrée de la prison : ballots de linge, mines tristes des mères, épouses habituées qui parlaient fort, plaisantaient les gardiens, nouvelles venues qui se cachaient, hagardes, honteuses, les yeux rougis, se faisaient le plus petites possible, les enfants qui se chamaillaient, dont les nez coulaient, les bébés, les vieilles mères arabes aux parfums de cumin et de henné auxquelles des jeunes filles très belles traduisaient les instructions et les horaires affichés.

Marc V. m'envoya une table à la figure. Plus tard, il se justifia : « Ce n'était pas contre vous que j'en avais, mais il fallait que ça pète, c'est à cause de ce fumier de *bricard* qui m'a sucré mon parloir, excusez, Prof, je suis un sanguin ! » Un autre jour, bien des années plus tard, c'est Fernando A. qui, dans le couloir, explosa soudain, cassa une porte, tapa dans le mur, sur les gardiens, m'attrapa le bras comme pour me l'arracher, avant de s'évanouir, assommé.

Des scènes isolées. Je ne me suis jamais senti en danger en prison, comme je peux parfois avoir l'impression de l'être dans la rue, dans le métro, face à des chiens énormes aux têtes hideuses, ou encore à leurs maîtres.

Alain D. et Romuald W. avaient vécu dans la même cellule pendant un peu moins de deux ans. Lorsqu'ils sortirent, ils quittèrent chacun leur compagne et continuèrent à vivre ensemble, dans un petit appartement du quartier Saint-Nicolas. Leur homosexualité de circonstance avait fini par se transformer en sexualité d'habitude ou bien en amour véritable.

Ce jeune étudiant qui avait tué sa mère institutrice à coups de marteau, avant d'essayer ensuite de manger son cerveau à l'aide d'une cuillère à dessert, et qui ne fut incarcéré que deux semaines, hurlant et vomissant sans cesse dans sa cellule. On le transféra dans un hôpital psychiatrique.

La prison présente souvent des destinées à leur point de rupture, à leur carrefour essentiel.

Les gardiens avaient de gros pulls bleus réglementaires qui ressemblaient à des lainages de montagne. Les gardiennes avaient des blouses blanches. Cela donnait au quartier femmes une allure d'hôpital.

Ce détenu qui lisait Proust, et ce jeune gardien qui lisait Joyce, tandis qu'un de ses collègues préparait la fête de la Bière qui avait lieu dans son village chaque mois de juin : « Pour cette année, on a élevé un veau à la bière, il paraît que ça se fait au Japon. »

Un mineur surnommé Gore-Tex — parce que « Moi, Prof, j'suis étanche ! » — me dit qu'il allait bientôt partir pour le Burkina Faso, dans le cadre d'un programme de réinsertion par les vacances et les loisirs, et que là-bas, tous les jours, il irait à la mer : « La vie de pacha, Prof ! » Sa déception quand je lui montrai sur la mappemonde ce pays d'Afrique sans mer et sans plage. Géographie des rêves.

Le quartier B, celui des détenus impliqués dans une affaire de mœurs, viol ou pédophilie. « Être du B », cela voulait dire être pire qu'un chien, ramper sur commande, se faire casser la gueule, recevoir la haine des autres détenus, le mépris de la plupart des gardiens. C'était être moins qu'un homme.

En été, une très chaude journée, montant un escalier, par une fenêtre qui donnait sur la cour de promenade du quartier femmes, je vis une jeune fille adossée contre le mur, la jupe remontée sur ses cuisses. Sa culotte était très blanche et ses longues jambes couleur café crème. Le soleil, sa caresse. Elle semblait tout entière se donner à lui, les yeux fermés.

Le petit peuple des instituteurs et des institutrices organisait avec méthode et conviction son planning, ses réunions, ses roulements, sa pédagogie, ses vacances, ses repas de fin d'année, son café du matin — « On met dix francs chacun par mois, Yvette s'occupe des filtres, Fifi du café, et moi des gobelets » —, ses stages, ses achats groupés de vins et d'escargots de Bourgogne, ses collectes à l'occasion d'un départ en retraite ou bien d'une naissance.

Les tatouages sur les avant-bras, les poignets, les visages. Ceux que l'on portait depuis l'adolescence et que les années avaient affaissés comme des terrains minés par des sous-sols spongieux et qui se répandaient sur la peau en dessinant de vagues cartes d'îles au trésor. Les nouveaux, apparus depuis l'incarcération et qui valaient parfois brevet de courage, exécutés à l'aide d'une simple aiguille, d'un peu d'encre prélevée dans la cartouche d'un stylo bille. On y lisait des prénoms, des vengeances, des affirmations définitives : « Né pour souffrir », « Victime du destin », des amours durables : « Pour ma mère, la seule », d'autres phrases plus énigmatiques : « Respect au Baro d'Even ».

Chaque soir d'été, des femmes venaient sur le pont des Fusillés qui était distant d'une centaine de mètres de la prison. Elles criaient des mots d'amour, ou des nouvelles du quotidien : « Ta mère a été hospitalisée », « Roger a pris un brochet d'un mètre dix », « Ton fils te ressemble », « J'en dors plus d'être sans toi ». Les passants les regardaient. Elles n'y faisaient pas attention. Là-bas, on devinait derrière les barreaux deux mains tendues et un visage que la nuit mangeait un peu. Il y avait des réponses que le vent mitait, comme des manteaux de laine : « ... a pas su que... jeudi soir si... », « ... embrasse les... deux cents francs ». Un jour, je vis à cet endroit une jeune femme qui ouvrait sa veste largement, comme pour s'offrir.

Une plaisanterie que l'on faisait aux nouveaux qui venaient juste d'être incarcérés. En passant devant la porte de leurs cellules, un détenu tapait et criait « Sortie piscine, préparez vos maillots ! ». Quelquefois, certains s'activaient et attendaient derrière la porte avec une serviette.

Dans la plupart des cellules, la télévision fonctionnait plus de vingt heures par jour. La majorité des détenus passaient ainsi le temps, usant jusqu'à la corde les programmes et leurs yeux : émissions de téléachat, séries brésiliennes et américaines, débats de société, jeux, programmes pour les enfants, films pornographiques, journaux, tirages du Loto, variétés, retransmissions sportives. Dans certaines cellules, il y avait un vote pour décider de la chaîne qui serait regardée ; dans d'autres cellules, celui qui payait l'abonnement décidait ; dans d'autres encore, le plus fort ou le plus craint était le seul à décider, même si ce n'était pas lui qui payait l'abonnement. Souvent, les détenus qui venaient en cours ne pouvaient pas travailler en cellule, « à la maison », comme nous disions entre nous en riant : la télévision marchait du matin au soir, une bonne partie de la nuit, et ils ne pouvaient que la subir. « Même avec des boules de papier mouillé dans les oreilles et un mouchoir noué sur les yeux, je n'arrive pas à l'oublier », m'avait dit un jour un détenu.

La hiérarchie des crimes, définie par les détenus, plus moraux encore dans ce cas que ceux qui les avaient condamnés, juges ou jurés : le viol est aussi abject que le meurtre d'enfant qui sont pires que le meurtre d'un vieillard et pire que le meurtre gratuit qui est pire que le meurtre motivé qui n'est lui-même pas plus pire que le cambriolage, l'attaque à main armée, le parricide ou le matricide, le vol de voitures.

Passer sous le porche sur lequel on lisait : « Maison d'arrêt ». Un drapeau tricolore s'y usait et s'y délavait. Franchir la première porte au-dessus de laquelle un œil vidéo vous regardait. Décliner son identité. Donner ses papiers. Ouvrir son sac. Déposer dans un bac tous les objets métalliques que l'on portait sur soi : clefs, pièces de monnaie, montre, collier. Passer sous l'arc magnétique du détecteur. Lorsqu'il sonnait, recommencer, chercher ce qui pouvait bien provoquer son déclenchement. Les femmes avaient alors droit souvent à quelques plaisanteries : « Vous avez une culotte en fer ? » « Ça doit être le stérilet ! » Certaines en riaient.

La fille d'un des directeurs de la prison partait chaque matin à l'école, en franchissant toutes les portes, une à une, avec son gros sac sur le dos, ses douze ans, son air triste et ses joues pâles de petite fleur de serre. Clélia Conti.

La bibliothèque de la prison s'enrichissait de dons d'autres bibliothèques : les livres de la prison étaient souvent des livres de rebut : on pouvait y lire ce qu'ailleurs on ne lisait plus jamais : Henry Bordeaux, Paul Bourget, Rachilde, Michel Zévaco. C'était le refuge des auteurs en mal de public. Il y avait aussi beaucoup de manuels scolaires réformés, dont les pages jaunes, imprimées dans les années cinquante, s'ornaient de gribouillages exécutés par des générations d'élèves rêveurs. Les lycées s'en débarrassaient lors de cycliques bonnes actions.

Je me souviens avoir quelquefois fait cours avec des moufles que d'ordinaire je prenais pour faire du ski. C'était tout au bout du quartier central, dans la dernière salle. Les tuyaux du système de chauffage ne parvenaient pas à y amener de chaleur. Nous étions dans un janvier ordinaire, pas plus polaire que les autres janviers des autres années. Depuis, cette salle de cours a été transformée en cellule. Le système de chauffage quant à lui n'a pas été changé.

Un jour, dans la cour de promenade qui

leur était réservée, sept mineurs frappèrent un autre mineur, plus faible et plus jeune. Ils se mirent en cercle autour de lui et lui donnèrent des coups de pied, de poing, pendant de longues minutes. « Pour rire, sans haine », me dirent-ils ensuite. « C'était un nouveau », ajouta un autre. La victime eut les deux bras cassés, ainsi que le nez, et la rate éclatée.

La politesse profondément humaine de quelques gardiens qui ne tutoyaient jamais les détenus, ne les insultaient pas, les appelaient « Monsieur », sans ironie ni affectation.

On m'avait demandé d'acheter deux dictionnaires, un français-chinois, un chinois-français, parce que deux jeunes femmes, que l'on supposait chinoises, venaient d'être incarcérées. On ne leur reprochait rien d'autre que de n'avoir pas pu répondre aux questions qu'on leur avait posées dans la rue : « Qui êtes-vous ? » « Avez-vous des papiers ? » « Comment vous appelez-vous ? » Elles étaient à la prison comme on est sur la Lune, sans doute. Toutes deux regardaient autour d'elles, en riant, en se parlant bas, en se prenant par le bras. Je posai les dictionnaires entre nous. Ils restèrent là comme des pierres.

Parfois, je rêvais de la prison. Ce n'étaient pas des scènes précises mais plutôt des bruits, notamment ces bruits de clefs et de serrures, si particuliers, que je n'ai jamais entendus ailleurs. Je rêvais de sons, d'odeurs aussi, d'appels criés et qui résonnaient dans le quartier. Dans ces rêves-là, je ne savais pas si j'étais un détenu, ou autre chose.

Le greffe ressemblait à la caisse centrale d'un grand magasin : beaucoup d'allées et venues, de l'excitation, des téléphones qui sonnaient, des registres qu'on ouvrait, qu'on refermait en claquant sur leur couverture, un comptoir, des gens derrière, des gens devant. À celui qui venait pour la première fois, on remettait un petit imprimé qui commençait par ces mots « *Monsieur, vous venez d'être incarcéré...* ». Souvent, le nouveau détenu tenait dans une main ce papier et dans l'autre une valise, un sac, ou rien. Le visage était souvent sale, barbu, chiffonné par les heures de garde à vue, les yeux tentaient de rencontrer quelque chose.

Je me souviens avoir donné quelques cours dans une salle du quartier femmes qui servait aussi aux examens gynécologiques. Je parlais de Paul Eluard avec, à dix centimètres de moi, une table pourvue d'étriers. Il y flottait une odeur de produits de toilette, lait, crème. La poubelle chromée rappelait l'univers des salles de soins.

Le service social organisait à date régulière un concours de poésie. Quelques détenus y participaient. Il y avait beaucoup d'eau de rose dans leurs textes, ou de la bile très noire. Un jury, qui ne lisait jamais de poésie, se réunissait pour élire les meilleurs. Ceux-ci ne gagnaient rien, sinon le droit de recommencer l'année suivante.

Les cellules étaient le plus souvent tapissées de photographies découpées dans des revues pornographiques, par dizaines, avec au centre de ce grand puzzle de chairs glacées deux ou trois photomatons sur lesquelles des visages d'enfants souriaient en montrant leurs bouches roses et leurs dents incomplètes.

Chaque lundi, j'arrivais vers huit heures dans les cellules du centre scolaire et je demandais au gardien chargé d'amener les détenus comment il allait. Il me répondait chaque fois, un peu bougon, mal réveillé : « Comme un lundi ! »

Mon temps terminé, je sortais *de la prison*. Je ne sortais pas *de prison*. Jamais je n'ai senti aussi intensément dans la langue l'immense perspective ouverte ou fermée selon la présence ou l'absence d'un simple article défini.

Les odeurs de sueur, de transpiration, les odeurs de pied. L'absence totale d'hygiène de certains mineurs qui portaient de jour en jour les mêmes vêtements. L'âcreté, au-delà de la puanteur, qui s'en dégageait. Mon impossibilité parfois à les approcher.

Il y avait des couloirs dont les carrelages étaient sans cesse lavés par le même détenu, du matin au soir. Il était habillé d'un bleu de chauffe. Quand je passais, nous nous disions bonjour. Je m'excusais de marcher sur le sol propre et mouillé. Il me répondait : « Pas grave, je suis là pour ça... » Il recommençait sans cesse. Parfois, il posait son coude sur son balai-brosse, et se roulait une cigarette.

La prison était un ancien monastère. Durant la guerre, il avait servi à interner les Juifs de la ville avant leur déportation. Une plaque sur un mur extérieur rappelait l'événement et leur rendait hommage. Maintenant, il servait à enfermer entre trois cents et cinq cents personnes, selon les moments et les « arrivages », comme disaient certains. C'était en définitive un lieu qui avait toujours servi.

Se laver devant les autres, déféquer devant les autres, vivre devant les autres, partager avec les autres — souvent trois ou quatre — moins de dix mètres carrés. Parfois être dans une cellule de quatorze, muni d'un seul lavabo où ne venait que de l'eau froide. Entendre les rêves des autres, leurs cauchemars, leurs pets, leurs pleurs, leurs haines, subir l'autre, se faire violer par l'autre quand on était très faible et qu'il y avait un fort qui avait des désirs. Faire le larbin quand on n'avait pas d'argent, qu'on ne pouvait pas cantiner. Faire la *gonzesse*, parfois. Mais cela ne se disait jamais. L'administration n'en parlait pas non plus. Elle avait longtemps hésité avant de distribuer des préservatifs. Elle ne le faisait d'ailleurs pas toujours. Je me souviens d'un instituteur qui s'était révolté contre cela : « Leur donner des capotes, c'est les inciter à s'enculer ! » Mieux valait que certains s'enculent sans capote et entrent ainsi dans la joyeuse communauté du sida. L'instituteur pouvait continuer à dormir tranquille.

Avant chaque session d'assises, selon la volonté du président de la cour, les jurés visitaient la prison : petite prome-

Deux gardiens s'interpellant d'un étage à l'autre, et leurs voix qui résonnaient dans cette fin de matinée de décembre, et leurs rires aussi, comme dans un tombeau délaissé :

« Lâche-moi, espèce de nain !

— Eh, retourne à ton Téléthon, myopathe ! »

La prison ressemblait à une usine. Une grande usine qui ne produisait rien, sinon du temps limé, broyé, réduit, des vies étouffées et des mouvements restreints. Les détenus figuraient d'étranges ouvriers, sans machines, sans musettes, mais qui suivaient des horaires, des chemins, des consignes. Les gardiens parfois avaient des allures de contremaîtres.

La dureté du fer, de l'acier. Leur hostilité qu'auparavant je n'avais jamais remarquée. Cet aspect tranquille et inattaquable des barreaux, des serrures, des portes, des gâches, des pennes. L'impuissance de toute pensée humaine devant quelques centimètres de métal condamnant une fenêtre ou une porte.

Jacques H. était un détenu très calme, sans histoires, jusqu'au jour où le juge lui refusa l'autorisation de se rendre à l'enterrement de sa mère. Il y serait pourtant allé encadré par deux gendarmes. Il protesta, insulta le juge et les gardiens venus le calmer. On le mit au cachot une semaine : là, il put tranquillement imaginer ce qu'avaient été les funérailles de sa mère.

Les gardiens en grève : le piquet était planté devant l'entrée de la prison. Quelques banderoles syndicales étaient déployées. Cela arrivait assez souvent. Dans ces occasions nombreuses, les gardiens inversaient leur fonction : ils ne laissaient *entrer* personne.

Un mineur, moqué sans cesse par les autres, « parce qu'il avait couché avec sa mère ». Un autre mineur qui me demanda alors, à l'écart du groupe qui venait de sortir de la salle, comme pour assurer une croyance bien fragile : « M'sieur, ça se fait pas de coucher avec sa mère, hein ? »

Le travail à la prison : coller des enveloppes, réunir des paquets d'agrafes, fabriquer des pochettes en carton, rien d'autre souvent. L'exploitation de ces travailleurs dociles, les détenus, payés chichement au grand profit des entreprises extérieures qui les employaient.

L'œilleton sur les portes des cellules qui permet de voir, sans jamais être vu. Le détenu entendait le bruit du cache métallique qu'une main faisait glisser et apercevait un œil qui l'observait. Il pouvait très bien ne jamais savoir à qui appartenait cet œil. C'était le regard autorisé, simplement, qui reléguait la notion d'intimité dans les pages des dictionnaires.

L'œil qui venait toujours se plaquer contre la porte lorsque Linda B. faisait sa toilette ou ses besoins, à tel point qu'elle était devenue incontinente ou faisait sous elle, la nuit, dans son lit. Tout rentra dans l'ordre quand la surveillante qui l'observait ainsi fut mutée.

Déambulation de détenus, déménageant d'une cellule à l'autre et qui portaient sur leurs dos toutes leurs affaires dans un gros baluchon fait avec la couverture marron et gris qui restait le bien inaliénable de l'administration pénitentiaire. Escargots d'un genre nouveau.

Les gardiens qui prenaient leur service passaient aussi, comme tout le monde, familles, visiteurs, enseignants, avocats, médecins, sous l'arc du détecteur de métaux, mais à la différence de tout le monde, jamais ils n'étaient fouillés lorsque l'arc sonnait. Jamais je ne les vis non plus vider leurs poches pour chercher ce qui avait pu provoquer la sonnerie. Ils passaient, sans plus de contrôle.

On pouvait tout faire entrer en prison. Quand je présentais mon sac ouvert au gardien, il jetait un œil, déplaçait parfois quelques livres, c'était tout. J'aurais pu avoir au fond du sac un couteau, une arme à feu, de l'héroïne, un téléphone portable, une lettre, une fleur de lilas. J'aurais pu.

Les détenues qui accouchaient en prison gardaient leurs bébés pendant dix-huit mois, avec elles, en cellule. C'était un événement heureux en prison, car soudain l'enfant avait plusieurs mères, qui se penchaient sur lui, se souciaient de lui, lui parlaient, l'embrassaient, lui souriaient, le cajolaient. Tout le quartier femmes vivait un peu au rythme de ce nouvel être, de ses cris, de ses pleurs, de ses biberons, de ses rires. Ma surprise la première fois où, montant l'escalier, j'entendis parmi le bruit des clefs et des portes que l'on ouvrait les vagissements d'un nourrisson. Je me souviens aussi de Nadine W., si attentive et douce envers le nouveau-né d'une détenue, alors qu'elle-même était incarcérée pour avoir tué le sien de huit semaines, en lui éclatant la tête contre un mur.

Le regard des gens qui apprenaient que j'allais en prison. Surprise, étonnement, compassion. « Vous êtes bien courageux d'aller là-bas ! » Il n'y avait rien à répondre à cela. Le regard me désignait comme quelqu'un d'étrange, et presque, oui, presque, quelqu'un d'étranger. J'étais celui qui chaque semaine allait dans un autre monde. Je pensais alors au regard qui se pose sur celui qui dit : « Je sors de prison. » Si moi, déjà, j'étais l'étranger, lui, qui était-il pour eux ?

Au bout de plusieurs années d'incarcération, la plupart des détenus me disaient n'avoir plus de rêves la nuit. Au mieux, ou au pire, ils rêvaient de la prison mais jamais plus de la vie du dehors. Certains n'avaient plus de désir, plus d'érections. La peur de Louis O., qui allait être libéré après avoir passé quelques années incarcéré : « Est-ce que j'arriverai encore à bander devant une femme ? »

« Envoyez-nous une petite carte ! » Oui, j'enverrais une petite carte, avec comme un remords ou une honte tandis que je l'écrirais, assis à une terrasse d'un bistro turc près de la Mosquée-Bleue, ou chahuté par le roulis sur un caboteur qui m'emmènerait vers Florès ou Lombok.

Quelquefois, un détenu revenait en

cours avec en tête deux ou trois vers d'un poème trouvé dans une anthologie. Jean-Yves B., par exemple, qui ne parvenait pas à se remettre de l'« unique cordeau des trompettes marines » d'Apollinaire, et le répétait souvent, en disant : « Je comprends pas, mais parfois, c'est beau de pas comprendre. »

Appel. Contre-appel : aucun mouvement. Pendant le temps que durait ce grand décompte des hommes, rien ne bougeait plus dans la prison. Les portes demeuraient closes. Nous restions là où nous étions quand l'ordre avait été lancé, dans les salles, dans les sas, bloqués. Jamais les secondes ne me parurent alors si peu mériter leur nom.

Un jour, à la sortie de la prison, une femme, sans doute une mère, s'approcha de moi et me dit : « C'est dur, hein ? Vous y avez passé combien de temps ? » Mon sac de voyage, dans lequel je transportais ce jour-là beaucoup de livres ainsi qu'un projecteur de diapositives, pouvait être trompeur. Je n'osai pas lui répondre que j'y étais entré deux heures plus tôt.

La messe du dimanche matin attirait un grand nombre de détenus, parmi lesquels très peu étaient croyants. C'était un spectacle qui permettait de fuir la promiscuité et l'enfermement, pendant une heure. On y échangeait des informations, des nouvelles, un peu de nourriture ou des cigarettes. Jamais de coups.

La prison et ses pudeurs : un jour de juin très chaud, j'étais venu en bermuda, un bermuda blanc, pareil à ceux que portent certains officiers de marine. On me pria de repartir. On ne pouvait pas être habillé ainsi, en prison. C'était incorrect. La prison est l'endroit où l'on dicte ce qui est correct, admis, incorrect, inadmissible.

Un petit groupe de détenus se retrouvait régulièrement pour enregistrer des textes. Il s'agissait de constituer une sorte de phonothèque à l'usage des non-voyants. J'imaginais parfois des aveugles écoutant ces voix, des voix aveugles elles aussi, en quelque sorte.

Les soirs, les surveillants qui étaient de garde dans les coursives n'avaient pas les clefs des cellules : c'était une mesure de sécurité. Une nuit, une détenue est morte à cause d'une crise d'asthme, après avoir demandé longtemps de l'aide et un médicament.

On pouvait trouver de tout en prison si on y mettait le prix : cannabis, alcool, permis de conduire. Parfois, je sentais des odeurs d'herbe dans les couloirs. La prison n'évacue pas les différences. Elle n'est en aucun cas égalitaire : le riche y demeure riche. Le pauvre y est très pauvre. Mais elle met en relation des êtres qui au-dehors ne se seraient jamais regardés, jamais parlé. Raymond P., notaire, et Abdel, petit beur de banlieue, qui se tutoyaient et discutaient en riant.

Il y avait souvent des petites réceptions officielles à la suite du départ en retraite d'un surveillant gradé. Elles se déroulaient dans une grande salle près du centre scolaire. Il y avait des discours, des cadeaux, canne à pêche, établi de bricolage, fauteuil de relaxation. On y mangeait des pâtisseries faites par les détenus qui travaillaient aux cuisines.

Les camions de livraison arrivaient le matin et passaient la lourde porte. Ils ressemblaient à de grosses bêtes empêtrées dans la cour trop petite pour eux. Des mètres cubes de marchandise en sortaient, légumes, viandes, sacs de riz, de pâtes, palettes de papier hygiénique, tout cela en quantité énorme, comme destiné à être avalé par un gros monstre endormi.

Jessica D. venait d'avoir dix-huit ans. C'était une jeune fille avec de grands cheveux et de grosses lèvres. Elle rêvait d'être coiffeuse ou serveuse de bar. Un jour, alors que nous étudiions un texte qui parlait de la fonction rituelle du tatouage, elle releva très vite son pull, baissa un peu son pantalon et, avant que j'eusse le temps de l'arrêter, elle me montra sur sa peau blanche une araignée qui tendait ses pattes noires juste en dessous de son nombril. Je la revis un jour, trois ans plus tard. Elle faisait la plonge dans un salon de thé du centre-ville. Nous nous sommes dit bonjour. J'ai songé à l'araignée, sur son ventre.

Souvent dans le quartier si grand qu'il ressemblait à une immense cage, quelques oiseaux volaient en piaillant, et butaient contre les verrières du plafond. Par où étaient-ils entrés ? Certains prenaient leur mal en patience et se posaient sur les rambardes des coursives, en lançant de temps à autre une petite fiente qui s'écrasait six mètres plus bas.

Ces deux détenus qu'un gardien avait surpris en train de se masturber mutuellement dans la salle d'informatique. Une sanction avait été prise immédiatement : ils avaient été privés de cours, notamment d'informatique.

Le vaguemestre entrait à la prison chaque matin vers huit heures trente : il portait un sac de cuir dont les cinq soufflets craquaient sous la pression de centaines de lettres qui pour la plupart allaient être ouvertes, avant que les mots ne parviennent à ceux à qui ils étaient destinés. Certaines d'ailleurs seraient amputées, trouées, décousues. Le détenu garderait des lambeaux.

Il y a beaucoup de mensonges en prison, mais ils sont moins graves qu'ailleurs car ils sont essentiels. On ment pour exister un peu plus, et on se ment pour continuer à se supporter. Les crimes bien réels rejoignent les cauchemars, et tout alors prend l'apparence d'une histoire inventée. C'est à ce prix que l'on peut survivre. Pour supporter la prison, il faut devenir un autre.

Charles C. était incarcéré depuis le démantèlement d'un réseau de pédophiles qui violaient des enfants et les filmaient. En prison, il s'occupa tout naturellement du circuit de télévision interne.

La mort à la prison n'avait jamais de

visage. Elle était annoncée toujours avec quelques jours de retard. Elle survenait le plus souvent par pendaison, et de nuit. Les détenus ne voyaient jamais le médecin quand ils le voulaient. Il fallait attendre, il fallait l'attendre. Le remède universel qu'il prescrivait — deux comprimés de *Doliprane* — était valable pour le mal de dos, les gingivites, l'insomnie, les douleurs articulaires, les gastro-entérites, les entorses, la dépression, les hémorroïdes, etc. Un psychiatre venait voir le détenu une heure ou deux, jamais plus, et rédigeait un rapport d'expertise qui serait lu en cour d'assises et déciderait parfois du sort du condamné, du nombre de ses années d'emprisonnement.

La visite de Didier Decoin, un jour, durant une heure. L'adaptation télévisée du *Comte de Monte-Cristo* avait semble-t-il fait de lui un spécialiste de la carcéralité. En tout cas, il le croyait. Et puis aussi, motivant sa venue, le principe de la bonne action, celui également de la bonne conscience. Rien que de très classique et de très banal. Le vieux fond, en somme. Moi-même, que suis-je venu faire en prison pendant si longtemps, sinon acheter à crédit ma part de sommeil du juste ?

Avec quelques détenus, je les appelais « mes gars », jamais mes élèves ni mes étudiants, non, « mes gars », nous avions eu l'idée d'écrire une pièce de théâtre ensemble. Je servirais de secrétaire. Je taperais le texte sur l'ordinateur. Ils avaient choisi le sujet : décrire la vie dans une cellule, « pour que les gens se rendent compte vraiment », m'avaient-ils dit. Nous travaillâmes quelques semaines sur cela. Certains voulaient introduire de la drôlerie, d'autres étaient contre. Il y eut des débats, des discussions. Dans ce texte, il y avait une attention extrême aux choses du quotidien, aux menus faits qui concernaient la vie contrainte, le manque de place, les boissons chauffées sur des cartouches de paraffine qui ressemblaient à des bougies de Noël, les corvées, la toilette et l'hygiène, la cigarette, la télévision. Et puis, un jour, les détenus décidèrent d'arrêter l'écriture : « La cellule, on est toujours dedans, et on est encore dedans en écrivant ça, on n'en sort jamais. »

Au début, on avait le droit de fumer dans la petite salle de cours. Un nuage gris se formait au fur et à mesure de nos séances. Pour finir, nous disparaissions tous dans ce nuage. Quand je rentrais chez moi, j'enlevais tous mes vêtements, mes sous-vêtements, imprégnés de l'odeur du tabac. Je les mettais dans la machine à laver. Ailleurs, partout ailleurs, quand je sentais une odeur saturée de tabac, je pensais à la prison.

Un détenu tenait la fonction de coiffeur. Ce n'était pas son métier, mais il prenait goût à le faire. Il y mettait beaucoup de bonne volonté. Il s'essayait parfois à des coupes complexes, mais cela finissait le plus souvent par des rasages de crâne, radicaux, qui donnaient aux hommes un visage martial et comme hors du temps.

Deux bonnes sœurs venaient au quartier des femmes : elles y développaient des activités de cuisine, de couture, d'économie ménagère. Il y avait souvent des odeurs de gâteaux qui cuisaient, de tartes, des expositions de napperons et d'ouvrages en crochet. Les détenues les regardaient avec beaucoup de vénération. Les sœurs étaient âgées et embrassaient les détenues comme s'il s'était agi des filles qu'elles n'avaient jamais eues.

Le regard porté sur le dehors. Le

détenu que je surprenais dans la salle de cours, entré avant moi et qui, par la fenêtre, regardait les voies de chemin de fer, la rue, le pont des Fusillés, les voitures, les piétons lointains courbés sous la pluie, les gifles de la pluie sur les trottoirs, et qui fermait les yeux, ne m'ayant pas entendu venir, et respirait très fort, très longtemps, l'air mouillé, l'air de ce dehors-là qui passait les barreaux et entrait dans la salle.

Les prisonniers entre eux s'appelaient « collègues ». Jamais peut-être le mot ne fut autant fidèle à son étymologie.

Les larmes de Patrice N. face à moi, dans une petite salle où il avait voulu rester, après le cours, parce qu'il avait « quelque chose » à me dire. Il ne me dit rien, sinon sa honte et son remords d'avoir violé une jeune fille, un an plus tôt. Il hoquetait, pleurait. Les larmes coulaient sur son gros visage. Ses épaules étaient agitées d'un mouvement nerveux. Cela dura longtemps. Je ne savais pas quoi dire.

Cantiner : le mot n'existe que là-bas. Le Robert l'ignore, comme si les éléments de la vie carcérale échappaient au langage admis, étaient exclus par lui, restaient proprement *innommables*. Cantiner, c'est prévoir, rêver, acheter par avance, dresser une liste, faire un choix de denrées, supposer un avenir. On pouvait tout cantiner, ou presque.

Beaucoup de détenus parlaient à l'aumônier, faute de mieux, par manque d'autres oreilles et d'autres cœurs. Ce curé avait les traits d'un missionnaire exalté, une sorte de franchise abrupte aussi, qui est peut-être la marque de la grande bonté. Il finit par prendre sa retraite, et ne revint jamais.

Ce grand géant dont je ne me rappelle plus le nom, je revois seulement sa haute taille, son visage rose et blond, et qui avait, d'un seul coup de poing donné à la figure, tué un homme, dans une bagarre banale et guère plus violente qu'une autre. Il adorait les mouches. Je ne plaisante pas. Il essayait de les apprivoiser.

Les familles, venues parfois de très loin, attendaient souvent le moment du parloir sur le parking dans des voitures aux vitres que les heures qui passaient embuaient de plus en plus. Par moments, un homme sortait du véhicule, s'étirait, regardait sa montre, fumait une cigarette, allait uriner contre un arbre et retournait s'asseoir à l'intérieur du véhicule.

Fictions de Borges et *Si c'est un homme* de Primo Levi que j'avais offerts à deux détenus à la fin d'une année. Quelques mois plus tard, l'un d'eux vint me voir puis, après avoir discuté de choses et d'autres, des mois d'été, du temps, de l'ennui, m'avoua : « Vous savez, vos livres, c'est trop dur, j'ai essayé... mais c'est trop dur. » Et moi, me méprenant, pensant qu'il me parlait de la difficulté littéraire. « Non, c'est pas ça, quand je dis trop dur, c'est pas pour le cerveau, c'est pour le reste... »

Les couleurs de la prison, rarement vives ou vivantes. Les murs étaient repeints assez fréquemment mais on avait toujours l'impression qu'ils étaient sales, peut-être parce que la peinture elle-même était sale. J'ai le souvenir de jaunes passés, de gris un peu bleus, de beiges suintant vers le marron terne. La lumière même paraissait travaillée dans ces directions, entretenant une pénombre légère qui forçait le regard à se concentrer pour voir les visages.

Une surveillante de forte corpulence me désigna une détenue, très jeune, rongée par l'héroïne, qui marchait devant nous à une dizaine de mètres : « Vous la verriez à poil, ça fait peur. J'ai vingt-cinq ans de plus qu'elle, et pourtant, je vous jure, vous pouvez me croire, je suis bien mieux foutue ! »

Il y a quelques années, quand il y avait choucroute au menu, chaque détenu avait droit à une bière très légère et bon marché, une *Valstar*. Dans une cellule à plusieurs, on organisait un tour de rôle : chaque jour de choucroute, toutes les bières étaient dévolues à un seul qui, en les buvant toutes, pouvait ainsi frôler l'ivresse.

Le mot *cellule* : la plus petite unité du vivant. L'espace de l'enfermement.

J'ai écrit des lettres d'amour en prison

pour des détenus qui avaient peur de mal faire. Ils me disaient les choses, et je les arrangeais. Je leur relisais la lettre. Ensuite, ils y ajoutaient souvent un dessin fait à l'ordinateur ou à la main, la plupart du temps une rose, un soleil couchant ou bien encore des lèvres très pulpeuses et à demi ouvertes.

Claude P. à qui je demandais chaque semaine, après nous être salués : « Quoi de neuf ? » et qui me répondait toujours : « Toujours pareil, la moitié de dix-huit ! » Ce jeu entre nous.

Au tout début, j'entrais dans la petite salle de cours qui était une ancienne cellule. Il n'y avait que très peu de tables. Au mur, des vieux livres, des posters qui représentaient des marguerites, des jeunes filles dans les champs, une montagne canadienne. Sur une armoire métallique, un globe terrestre sur lequel une partie de l'Afrique était encore divisée en AOF et en AEF. Beaucoup de poussière. Un établi couvert de pièces détachées, de circuits imprimés, de baladeurs désossés et en cours d'auscultation. Les détenus arrivaient, puis le gardien passait avec la liste des présents : « Voilà, aujourd'hui tu en as sept, untel est à l'infirmerie, untel est au parloir, untel n'a pas voulu se lever, il m'a dit qu'il était malade, bon, je te laisse. » Et le gardien sortait et nous enfermait tous à clef dans la salle. Pour sortir, à la fin du cours, il fallait que je tape à la porte, ou que j'appelle, par l'œilleton, en criant assez fort.

Cet homme, une fin d'après-midi, qui arrivait quand je partais. Et je n'avais pas compris immédiatement que c'était un détenu. En chantier extérieur, il devait chaque soir revenir dormir à la prison. Il se présentait à l'accueil. Hôtel.

Les quatre policiers, trois hommes, une femme, toujours les mêmes, qui emmenaient les détenus au tribunal, chaque jour, après leur avoir entravé les mains et parfois les pieds. Leurs visages luisants après le repas qu'ils prenaient au mess, servis par des détenus en veste blanche. Leurs plaisanteries. Leurs pistolets, lourds, qu'ils déposaient à l'entrée. Leurs visages le soir, à la télévision, dans les images des procès quand, dans le box du tribunal, ils encadraient celui qui était jugé.

Le bruit des trousseaux de clefs, des clefs longues et polies par les usages incessants. Les pantalons bleu marine des gardiens, déformés aux poches à cause de ces trousseaux qui me faisaient toujours songer à des sésames de contes. Mais de quels contes ?

Olivier S., Togolais, avait obtenu avec

peine le baccalauréat : cela lui avait ouvert des perspectives, et quand l'année suivante je lui avais demandé ce qu'il désirait faire désormais, il m'avait très sérieusement répondu qu'il hésitait entre « installateur d'antennes paraboliques » et « président de la République du Togo ». Nous nous sommes par la suite fâchés quand je lui ai dit qu'à mon sens il ne pourrait pas intégrer l'Institut d'études politiques de Paris.

Les Témoins de Jéhovah étaient, il y a quelques années encore, incarcérés pour insoumission : ils restaient en prison une année. Ils avaient une cellule réservée, grande, vaste — les gens du voyage aussi. Ils s'arrangeaient entre eux. Les nouveaux étaient pris en charge par la communauté. « C'est des bons détenus », m'avait dit alors un gardien. Les bons détenus, les mauvais détenus.

Jean-Pierre M. vendait du pastis en cachette : sa femme trempait dans un bain de cet apéritif le linge qu'elle lui apportait chaque semaine. Puis elle séchait le linge. Et lui, ensuite, le réhydratait une fois en cellule. Puis il l'essorait dans un verre : le breuvage sentait un peu l'anis et la laine. Son taux en alcool était plus qu'improbable.

Une seule fois, j'ai écrit une lettre susceptible d'être produite en cour d'assises par l'avocat de la défense. Dans cette lettre, je disais que le prévenu suivait mes cours depuis deux ans, qu'il faisait preuve d'un grand sérieux, d'une motivation remarquable et que j'avais le sentiment qu'il avait beaucoup réfléchi depuis sa détention, réfléchi sur son acte, sur sa responsabilité. Je me suis demandé ensuite pourquoi j'avais fait cela. Que savais-je en définitive de sa réflexion ? Pourquoi avais-je fait cela pour lui et pas pour d'autres, pour des dizaines d'autres que j'avais connus, et qui, eux aussi, m'avaient touché sans que jamais je ne le leur montre. Je m'en suis voulu. Je crois que je m'en veux encore : j'étais sorti de mon rôle, en tout cas du rôle que je m'étais assigné, et qui interdisait de prendre parti pour ou contre qui que ce fût. Depuis ce jour, non pas tous les jours mais assez souvent tout de même, je pense, sans avoir jamais connu ses traits, au visage de la victime, qui ouvre grand ses yeux et sa bouche à la lecture de ma lettre devant la cour et les jurés.

La mythologie de l'évasion : on la rencontre dans les romans ou bien au cinéma. En prison, elle n'occupait que rarement les esprits. La stupéfaction lorsqu'il s'en produisait une, comme par exemple ces huit ou neuf détenus, réunis dans la même cellule et qui, une nuit, s'étaient fait la belle par le toit, sans qu'aucun gardien s'en aperçoive. Certains avaient fui en Turquie, leur pays d'origine. Il me semble me souvenir qu'un évadé envoya même de là-bas une carte postale. Un autre fut abattu en Allemagne par la police. Un autre encore, que je voyais en cours et qui n'avait plus que quelques mois de détention, avait été contraint de suivre le mouvement. Il avait écrit au juge pour lui expliquer cela, avant de se rendre.

Au quartier de détention, il y avait deux étages. À chaque étage un grand filet était tendu entre les coursives, pour décourager toute envie de saut dans le vide. Je ne sais pas depuis combien d'années — de dizaines d'années ? — ces filets, qui ressemblaient à des filets de pêche, étaient là, mais ils pendaient étrangement, ils se bombaient, avaient pris des ventres de rentiers. Je crois bien qu'un corps lancé les aurait crevés sans mal.

Ce maire d'une commune de vingt mille habitants, incarcéré pendant près d'un an et qui passait son temps en cellule à diriger les affaires de sa ville. Lorsqu'il se déplaçait sur les coursives, il avait toujours d'épais dossiers sous le bras. Sa seule concession à l'univers carcéral avait été de troquer le costume et la cravate pour un survêtement bleu turquoise. Son moral inattaquable. Sa prospérité cinquantenaire. Les brimades de bien des surveillants à son encontre lorsqu'il revenait de parloir et qu'ils le faisaient déshabiller entièrement et le soumettaient toujours à la fouille complète.

Les manifestations étudiantes et lycéennes qui immanquablement passaient devant les murs d'enceinte de la prison et hurlaient, sur l'air des lampions « Libérez nos camarades ! Libérez nos camarades ! ». Le grand Raymond K. qui les entendait, tandis qu'il notait sur un cahier à spirale ce que je disais de *Voyage au bout de la nuit*, et qui finissait par dire, avec une voix traînante, sans relever la tête : « Les cons ! »

Une mariée dans le sas d'entrée, tout en blanc, radieuse, et le marié, détenu, qui avait eu pour l'occasion un parloir d'une heure : se débattre avec le taffetas, la crinoline, les jupons, la gaze, sous le regard du gardien de faction : votre heure de noce.

Il y avait des surveillants racistes, mais il y en avait très peu. Il y en avait comme il y a des médecins racistes, des électriciens racistes, des artistes racistes, des garagistes racistes, des commerçants racistes, des cheminots racistes, des enseignants racistes, des fleuristes racistes. Les propos que j'entendais parfois — « On ferait mieux de les griller... » « Une bonne chambre à gaz... » « Je t'en foutrais, moi, du ramadan... » « Pas besoin de cellule pour les bicots, tous à la mer ! » — étaient le fait d'un très petit nombre. Mais peut-être ces propos résonnaient-ils là plus que partout ailleurs.

Je me souviens de ce gradé hurlant contre un surveillant qui venait de parler ainsi. Je revois aussi les regards des détenus assistant à cette scène.

L'horreur de l'été, où toutes les activités ou presque s'arrêtaient. Au début, je réussissais à venir parfois, faire un cours ou deux, discuter pendant ce temps très long avec les détenus que j'avais eus durant l'année. Un jour, l'administration décida que ce n'était plus possible. Il y avait quelques stages, poterie, photographie, informatique, sculpture sur béton cellulaire — et je n'ai jamais vu rire personne de l'incongruité du nom de ce matériau dans pareil lieu — mais les places étaient vite prises. Restaient l'ennui des journées plus longues encore que toutes les autres, et la chaleur qui tendait les nerfs et attisait les querelles.

Il y avait le long d'un couloir, au rez-de-chaussée, des petites cabines dont les portes étaient vitrées. À l'intérieur, une table, deux chaises. C'était là que les avocats pouvaient s'entretenir avec leurs clients, que les gendarmes ou les policiers auditionnaient les prévenus, que les visiteurs bavardaient avec ceux qui voulaient bavarder, que les assistantes sociales et les assistants sociaux expliquaient les démarches à celles et ceux dont ils avaient la charge. On aurait cru des confessionnaux. Un gardien faisait des allers et retours dans le couloir afin de prévenir les « gestes déplacés ». « C'est quoi un geste déplacé ? » avais-je demandé à l'un d'eux. « Il y en a plein ! » m'avait-il répondu, un peu brusquement.

Ce détenu que je ne connaissais pas et que je vis un jour plongé dans la lecture du *Panoptique* de Jeremy Bentham. Il était seul dans une salle du centre scolaire. Je ne le revis jamais. N'avais-je pas rêvé ? Lire le *Panoptique* en prison. Je me suis demandé si un malade atteint d'un cancer de la gorge pourrait lire un ouvrage qui vanterait les bienfaits de cette maladie et décrirait le bonheur d'être atteint de sa forme la plus odieuse.

« Et surtout, pas d'états d'âme ! Vous n'êtes pas une bonne sœur, ni un avocat, ni même un juge. Faites votre boulot, point final ! Et puis, à les entendre, ils sont tous innocents, évidemment, il n'y a que des innocents en prison, c'est connu ! C'est la première année que vous enseignez ? Pourquoi vous avez voulu venir ici ? Bon, en tout cas, ne vous laissez pas faire, et puis si vous avez besoin de quelque chose, venez me voir. Vous verrez, tout ira bien, on s'y fait ! Moi ça fait vingt-neuf ans ! J'ai commencé comme simple gardien, et puis, vous voyez, je suis maintenant directeur. »

La prison nouvelle. La prison était vieille, sale, surpeuplée. Depuis des années, on parlait de la construction d'une prison nouvelle. On imaginait son emplacement. Plusieurs endroits furent cités. On associait sa création à la construction de la future gare TGV, celle-ci prenant la place de la prison actuelle. Étrangeté de la concomitance des deux projets : l'un symbolisant la vitesse échevelée et l'autre l'enracinement le plus immobile.

Deux détenus sortaient chaque matin les poubelles de la prison. Un gardien faisait coulisser la grande et lourde porte. Les deux prisonniers habillés en bleu de chauffe poussaient alors les containers sur le trottoir. Le gardien se frottait les mains, reprenait son souffle, regardait dans la rue, à droite, à gauche, sifflait un petit air, parfois disait une parole, « Bon, allez, on active, on active ! » mais sans méchanceté, parce qu'il sentait peut-être qu'il lui fallait dire quelque chose. Je me suis souvent demandé quel effet cela devait faire, à ces deux hommes qui, l'espace de quelques minutes, retrouvaient les bruits de la vie. Ils marchaient sur le bord du trottoir comme sur une frontière. J'avais remarqué que, bien souvent, ils ne regardaient que le sol. Leurs regards restaient enfermés dans un petit périmètre de bitume, n'osaient pas se lever, embrasser tout le reste. Ils étaient tout à leurs gestes, ne s'attardaient pas, rentraient vite à l'intérieur de la prison.

Lorsqu'un détenu était bloqué à une porte, il appelait le gardien. Il l'appelait. Il disait « Surveillant, s'il vous plaît ! ».

C'était comme cela qu'il l'appelait, « Surveillant », et non pas « Gardien », ou encore moins « Maton », ce qui aurait été immédiatement sanctionné.

En échange d'une pièce d'identité, le gardien de faction dans sa cellule de verre blindé, à l'entrée de la prison, remettait un petit badge qui avait une couleur différente selon que l'on était « avocat », « visiteur », « entreprise », « enseignant ». Le mien était vert. Il fallait l'épingler bien en vue sur son vêtement. Souvent, il tombait. Parfois, on le perdait.

Je me souviens de ces deux surveillants accueillant un détenu qui revenait des assises, et qui, sonné par le verdict qui l'avait condamné à dix-huit ans d'emprisonnement, avançait comme un automate. Ils l'entouraient et lui parlaient avec une douceur dont peut-être l'équivalent est à chercher dans celle que l'on trouve chez une mère parlant à son fils qui pleure. Les deux gardiens murmuraient des mots simples, des mots de réconfort. Ils tutoyaient le détenu et leur tutoiement était alors la plus grande preuve de leur bonté.

Dans toutes les correspondances adressées à un chef ou au directeur, les détenus en plus de leur nom devaient obligatoirement indiquer leur numéro d'écrou, ce numéro qu'on leur donnait dès qu'ils arrivaient. Juste en dessous du nom, leur numéro. Sur le papier à lettres, pas sur la peau.

Les salles de cours contenaient une dizaine de tables, rangées de façon très scolaire, face au bureau du maître. Nos grands déménagements, avant chaque séance, pour rendre le lieu moins rigide.

Frank H. m'avait dit qu'il était un

ancien militaire, spécialiste du déminage et des explosifs, et qu'en raison de ses qualités il avait été en première ligne lors de la guerre du Golfe et du conflit bosniaque. Sans compter les autres missions, davantage confidentielles, un peu partout en Europe et qu'il évoquait parfois à mots couverts. Il lisait beaucoup, Teilhard de Chardin notamment. Il s'attendait, faute de preuves, à être libéré d'une semaine à l'autre. D'ailleurs, une entreprise allemande d'explosifs s'était engagée à l'embaucher dès sa sortie. C'était un grand jeune homme, maigre et pâle, qui parfois cherchait ses mots. Lorsqu'il passa aux assises, la presse nous apprit qu'il n'avait jamais quitté le domicile familial, un petit appartement qu'il occupait avec sa mère. Un jour, il avait fini par la tuer.

À l'extérieur de la prison, mais creusée dans ses murs, il y avait une salle chauffée où les familles pouvaient venir, attendre à l'abri l'heure des parloirs, discuter entre elles, boire un café — il y avait un distributeur —, téléphoner — il y avait un téléphone public. Ce n'était pas l'administration qui avait pensé à cette salle mais une association qui avait pris le nom de la rue où se situait la prison. C'était un nom religieux, un nom d'abbé.

> « Le ciel par-dessus le toit
> Si bleu, si calme,
> Un arbre par-dessus le toit
> Berce sa palme. »

Je me souvenais de ce début de poème de Paul Verlaine qu'il avait écrit alors qu'il était emprisonné en Belgique. Je le récitai un jour. Les détenus écoutèrent puis, après un silence que j'imaginai rempli d'émotion, l'un d'eux demanda : « C'est bien lui qui était pédé, non ? »

Les mineurs étaient les seuls à supporter difficilement les cours car ils étaient obligés d'y assister, à l'inverse des adultes qui venaient de leur plein gré. Bien souvent, les mineurs incarcérés étaient en rupture scolaire depuis des années. Être emprisonné sonnait donc comme une double punition : d'une part ne plus être libre ; d'autre part refaire des mathématiques, de l'histoire, du français, des langues. Mais c'est bien ce second versant de la punition qui leur pesait le plus.

Je sais qu'en moi, profondément, je n'ai jamais pu me persuader de la réalité des crimes commis par les détenus que je rencontrais chaque semaine. Peut-être moi aussi avais-je besoin de m'arranger avec cette réalité pour continuer à vivre, à venir en prison, à être dans ce lieu, à y passer des heures. Tout était ainsi amorti par une distance quasi cinématographique. Je rejetais l'horreur de l'autre côté d'un écran. Je feintais la vérité du crime, comme on peut tenter de le faire avec la corne du taureau.

Ce surveillant ivre, en pleine après-midi, et qui parlait fort dans le couloir. Ses moustaches perlées de sueur et de salive, et la peau de ses joues, très rouge. Il ressemblait à ce policier qui fait continuellement des misères à Charlot, dans ses premiers films. Il voulut à tout prix chanter. Deux de ses collègues l'en empêchèrent, puis l'emmenèrent alors que sa tête dodelinait sur ses épaules. Plus tard, ces mêmes collègues donnèrent une explication : « Une crise de diabète, simplement une crise de diabète. »

« Je suis quoi, moi, hein, rien ? Rien, Prof... À quoi j'ai servi dans ma vie ? J'ai fait que du mal... pas du gros, mais que du mal quand même... Ma grand-mère, elle me l'avait dit, j'étais pas haut à l'époque, elle m'avait dit : "Toi, tu finiras mal !" Je l'aimais bien, ma grand-mère, elle avait plein de rides, et puis une verrue, là, juste au-dessus du menton. »

Omar K., quinze ans, était scandalisé par ce que Johnny L., dix-sept ans, venait de lui apprendre : une « vieille » s'était fait poignarder la veille, en pleine ville, pour deux cents francs. Omar ne cessait de répéter : « Poignarder une vieille pour deux cents francs, c'est dingue, c'est vraiment dégueulasse, deux cents francs, c'est dégueulasse ! » Johnny lui demanda : « Et pour une brique, tu le ferais ? » Omar répondit, sur le ton de l'évidence : « Pour une brique, ben oui, évidemment ! Une brique, c'est pas pareil que deux cents francs quand même ! »

Aujourd'hui, aujourd'hui où je ne vais plus dans la prison, aujourd'hui où je ne passe plus guère devant elle, comme peut-être pour inconsciemment l'éviter, j'ai le sentiment qu'il y a en moi une partie de la prison. Je sens au fond de moi-même l'espace de la prison, sa grisaille, son existence, son humidité, sa chaleur épouvantable, sa perspective. Je me suis demandé il y a peu si j'allais dorénavant m'en souvenir toujours, comme cela, en moi.

Je n'ai jamais su à quoi servait vraiment le service social. Ni même qui étaient ceux qui le composaient : des assistants sociaux ? des éducateurs ? Je les côtoyais chaque fois que je venais à la prison. Nous parlions, nous plaisantions, mais je n'ai jamais eu le courage de leur demander quel était exactement leur rôle. J'avais peur que la question ne les vexe. Je sais juste qu'une fois un des leurs, un petit moustachu qui n'est pas resté très longtemps, avait téléphoné à la compagne d'un détenu que je voyais en cours et qui venait d'être condamné à une peine assez lourde. Le petit moustachu avait conseillé à la jeune femme d'oublier son ami, de refaire sa vie. Il lui avait aussi laissé son propre numéro, et son adresse. C'était peut-être à cela que servait le service social : à aider ceux du dehors à oublier ceux du dedans. « Si je le revois, je le crève ! » m'avait dit le détenu. Et puis, quelques mois plus tard, le petit moustachu parti on ne savait où, le détenu et moi, nous en avions ri.

Cette jeune femme qui venait depuis des années, avec un professionnalisme et une rigueur exemplaires, enseigner aux détenus la comptabilité, et à qui, un jour, on signifia qu'il lui serait désormais interdit d'entrer à la prison et d'y poursuivre ses cours. Le bruit avait couru qu'elle vivait depuis peu avec un de ses anciens élèves, rencontré à la maison d'arrêt.

C'était vrai. Aimer un ancien prisonnier était apparemment incompatible avec le fait de travailler en prison. Nous ne le savions pas. La prison est le lieu d'innombrables lois non écrites, jamais discutées, mais toujours appliquées.

Je l'avais reconnu immédiatement, malgré son crâne nu, les années en plus — je ne l'avais jamais revu depuis plus de vingt ans. Martial M. qui avait été mon bourreau ordinaire pendant toute l'année de CM2, me battant régulièrement, cherchant à me « faire siffler », jeu en vogue à l'époque qui consistait pour lui et quelques autres à broyer dans leurs mains les testicules de leur victime en lui demandant de siffler : moins la victime sifflait, plus ils serraient. Et comme la douleur allait en s'accentuant, jamais on ne parvenait à siffler ; ainsi donc pouvaient-ils serrer aussi fort qu'ils en étaient capables.

Ma terreur dès que je le voyais me chercher dans la cour.

Lui ne me reconnut pas. Il passa très près de moi. Je tremblai et fermai les yeux. Soudain, j'eus de nouveau dix ans. J'appris un peu plus tard qu'il venait d'être incarcéré pour meurtre.

Beaucoup de détenus ne savaient pas lire. Il y avait des cours d'alphabétisation. Il y avait aussi des cours de code de la route. Au quartier femmes, une coiffeuse venait une fois par semaine, ainsi qu'une esthéticienne.

Un photocopieur, situé dans le couloir reliant le greffe au bureau du directeur, était utilisé par tous les services. Ceux-ci avaient chacun leur code propre pour le mettre en marche. Influence de l'Histoire dans la gestion des photocopies, les codes martelaient de grandes dates : service social 1515, service scolaire 1789, greffe

1914, économat 1870, infirmerie 1940. Mnémotechnie.

David J. se frottait sans cesse les poignets. Il ramenait les manches de son pull sur ses mains. Puis il les remontait, se frottait de nouveau, comme pour rouvrir les multiples cicatrices qui lui faisaient à cet endroit-là des bracelets de chair durcie et qui laissaient dans son corps le souvenir des nombreux moments où il avait voulu mourir.

Les détenus ne buvaient que très rarement du café soluble. La boisson chaude par excellence était le *Ricoré*, parce que c'était la moins chère. Certains en buvaient jusqu'à vingt par jour. Leurs doigts tremblaient comme s'ils avaient eu de grandes fièvres. Mais peut-être en avaient-ils au fond.

Les mots de la prison : « bricard,

fouille, appel, contre-appel, gamelle, greffe, audience, extraction, parloir, numéro d'écrou, parloir avocat, CD, centrale, semi-liberté, transfert, école, promenade, douche, libérable, maton, Fresnes, remise de peine, prétoire, prévenu, condamné, grâce, sport, cumul, confusion des peines, pointeur, service social, assises, chef, correctionnelle, police, pécule, dentiste, levée d'écrou, cassation, gradés, directeur, mitard, isolement, colis, aumônier, visiteur, courrier, cantiner, garde à vue ».

Tous ces mots revenaient sans cesse dans les conversations. Ils composaient une langue commune qui permettait à chaque détenu de parler avec d'autres que lui, et de se retrouver ainsi en fraternité.

« Vous n'étiez pas là la semaine passée ? » Et cette réponse que j'ai entendue des centaines de fois : « Le surveillant m'a dans le nez, j'ai tambouriné à ma porte, il n'a pas voulu me sortir ! » La prison est le lieu de l'exercice du pouvoir sans contrôle.

Mon usure, au fur et à mesure que les années passaient. Ma fatigue à me rendre à la prison, et puis ce jour, où je suis resté dans ma voiture, devant l'établissement, sans pouvoir me décider à y entrer, sans pouvoir non plus me décider à partir. Je suis resté ainsi, derrière le volant, sans rien faire sinon me dire que non, décidément, je ne pouvais plus continuer.

Une femme que je connaissais un peu, professionnellement, m'avait dit un jour : « Comment fait-on pour venir travailler en prison ? Ça m'intéresserait d'y aller ! » Et puis elle avait ajouté, avec le regard vif : « J'ai toujours rêvé de faire partie d'un jury d'assises. D'ailleurs, ma fille termine ses études d'avocate. »

Marcel B., cinquante-sept ans, qui allait être libéré, faute de preuves suffisantes, après avoir été accusé d'avoir pratiqué des attouchements sur sa petite fille de onze ans, et qui préféra se pendre après la poignée de fenêtre de sa cellule, la nuit précédant sa libération, plutôt que de retourner dans son village. Nous parlions souvent de champignons. Il m'avait indiqué des coins pour les morilles. Je n'y suis jamais allé.

Une gardienne refusa pendant trois semaines d'appeler un détenu qui suivait pourtant depuis deux ans mes cours : « Non, je ne le prends pas, me disait-elle. Tu comprends, en ce moment, je le sens dangereux ! » L'intuition.

En prison sont représentés presque tous les âges de la vie : des nourrissons avec leurs mères en cellule ; des vieillards, des femmes et des hommes mûrs, des adolescents, vous, moi. La gravité des délits est sans rapport avec l'âge. Je me souviens de cette enfant de quatorze ans incarcérée pour avoir étranglé une camarade de classe, de ces jeunes du même âge dans l'attente d'être jugés pour un viol collectif, de ce vieil homme, un prêtre, accusé de pédophilie. La prison déjoue toutes les statistiques, les stéréotypes, les colonnes de chiffres rassurants. Elle ne fait que refléter le monde. Elle change avec lui.

Même les jours de plein été, la lumière n'arrivait qu'exténuée dans le quartier. Les verrières étaient des verrières de prison : tout ce qui venait de l'extérieur n'avait pas vraiment droit de cité.

La fierté des détenus qui réussissaient à un examen. Je me souviens de la joie de l'un d'eux qui attendait le prochain parloir pour annoncer à sa fille de sept ans qu'il venait d'avoir le baccalauréat. Continuer à être. Redevenir.

Les détenus qui suivaient les cours n'avaient que rarement une trousse où ranger leurs stylos, leurs règles, tubes de colle, cartouches, gommes, etc. Plusieurs mettaient tout cela dans une trousse de toilette. Quand ils entraient dans la salle, on les aurait cru arriver dans un établissement de bains.

Florent T., jeune juge d'instruction, que j'avais rencontré lors d'une soirée chez des amis, me désignant de sa flûte à champagne le bâtiment de la prison que l'on devinait au loin, dans la nuit, par-delà les toits de la ville, et me disant avec un sourire heureux, le sourire du métier bien fait : « Il y en a une paire qui dorment là-bas grâce à moi ! »

Les changements de cellules n'avaient

pas à être justifiés : on prévenait le détenu de faire son paquetage. Il avait quelques minutes. Puis on l'emmenait dans une autre cellule. C'était tout. Il en allait de même parfois pour les transferts d'une prison à l'autre. Alors que je faisais cours, un gardien entrait et disait : « Untel, transféré. » Le détenu se levait, nous saluait. Nous restions tous un peu bêtes, on balbutiait des « au revoir », et puis il partait. Nous ne le revoyions jamais.

Dans bien des films, lorsqu'un détenu sort de la prison, il y a un café, juste en face. Et dans ce café, il rentre immanquablement, pose sa valise, sous le regard du patron qui comprend tout de suite et le regarde d'un air complice, lui sert un demi, sans même lui demander ce qu'il veut.

Là, en face, il n'y avait rien : une rue en pente où passaient très vite des voitures qui s'engouffraient trente mètres plus loin dans un tunnel, un parking avec quelques arbres, un hospice un peu plus loin, où l'on apercevait parfois, à travers les fenêtres, des vieillards que des brancardiers promenaient sur des tables à roulettes.

Paul B. voulait entretenir sa forme physique, « ne pas se relâcher ». Il faisait chaque jour une heure de course à pied dans une des cours de promenade dont le périmètre, « je l'ai mesuré », faisait cinquante mètres. Sa démarche, au fil des mois, devint bancale. On aurait cru qu'un fort coup de vent le tenait constamment penché. Il souffrait de tendinites et de douleurs aux chevilles. Il devait faire deux cents tours de cour, « je les compte », pour courir un dix mille mètres. Le médecin lui donna deux *Doliprane* et lui conseilla d'arrêter de courir.

Cet homme un peu vieux, un peu clochard, qui venait en hiver chaque semaine à l'entrée et demandait à être incarcéré. Les gardiens se moquaient de lui ou le raccompagnaient gentiment. Une fois, il essaya de frapper l'un d'entre eux, pensant que le geste lui vaudrait peut-être de dormir enfin en prison : trop faible, il ne put atteindre le visage du gardien. Son poing rencontra le vide. Il tomba.

Les remous médiatiques faits autour du livre de Véronique Vasseur, médecin-chef à la Santé : les sourires que cela faisait naître chez mes gars, les haussements d'épaules. Tout soudain, la société paraissait découvrir qu'elle avait une prison, et que les conditions de détention y étaient souvent mauvaises, pour ne pas dire pire encore. « En juillet, on n'en parlera plus ! » m'avait dit alors Claude G. Il avait raison, mais s'était juste trompé de quelques semaines : dès le mois de mai, on n'en parlait plus.

Il y avait beaucoup de gardiennes et de gardiens qui se plaignaient d'être malades, de n'en plus pouvoir, d'être déprimés, « au fond du trou », qui voulaient arrêter, qui devenaient fous, qui sortaient d'arrêt maladie, qui allaient y retourner, qui avaient les yeux rouges ou vides, les visages comme mâchés, perdus, épuisés, et dont les tours de clefs dans les serrures avaient la lourdeur des peines capitales.

William I. était mécanicien, « dans le civil », comme il disait. Il m'avoua que, chaque nuit, mentalement il démontait et remontait pièce par pièce le moteur d'une 504 diesel. « Pour tenir », ajoutait-il.

Cet homme avec une blouse grise, un peu chauve et maigre, sans âge, dont on aurait pu croire qu'il était magasinier. Et peut-être d'ailleurs l'était-il, mais de quel magasin? Souvent, avec lui, il y avait deux détenus, qui le suivaient, qui devaient sans doute l'aider dans ses tâches. Parfois, nous patientions ensemble en attendant qu'une porte s'ouvre. Il était toujours cordial et souriant, avec moi, comme avec les deux détenus. Il me parlait souvent du temps, des saisons, du gel, de l'orage, des pluies, du vent, de la chaleur ou du froid, mais jamais en des termes grotesques, toujours avec beaucoup de sensibilité comme si ces sujets rebattus devenaient soudain essentiels.

Un mineur me dit un matin que j'étais un « enculé de Français ». D'ailleurs, poursuivit-il, « J'encule ton pays, j'encule ta femme, ta mère et ta fille, et si je te revois dehors, je t'éclate, enculé ! ». L'impossibilité de lui faire comprendre qu'il était français lui aussi, que ce pays était le sien. Ma fatigue. Mes maux de tête en sortant, en allant vers ma voiture garée sur une des quelques places réservées devant la prison, ma grande lassitude en m'asseyant derrière le volant, en enlevant le petit carton que je glissais derrière le pare-brise et sur lequel était marqué « En intervention à la maison d'arrêt ». Mon dégoût de moi-même en me disant que, parfois, il était peut-être trop tard pour *intervenir*.

« Bonjour messieurs. » Je lançais cette phrase et je serrais les mains. Les nouveaux me tendaient leurs mains avec gêne, parfois avec étonnement, parfois aussi avec méfiance ou dégoût. Les anciens, qui, lorsqu'ils étaient nouveaux, avaient eu eux aussi les mêmes réactions, mettaient dans le geste une infinité de choses humaines, que je sentais à la pression des doigts, à la fermeté de la paume, à sa chaleur. On ne serre guère les mains en prison. Certains gardiens me regardaient faire et dans leur regard je pouvais lire leur désapprobation. Il y avait beaucoup de vie dans nos poignées de main. Bernard G., que sa femme avait quitté, que ses enfants avaient abandonné, que sa famille entière avait répudié, me serrait la main comme on s'agrippe, je suppose, à une bouée lorsqu'on croit se noyer.

Les professions et occupations des détenus, avant qu'ils soient incarcérés. Les professions et occupations qui n'étonnaient personne : chômeur, Rmiste, ferrailleur, commerçant itinérant, brocanteur, étranger, gitan, sans domicile fixe, drogué, prostituée. Les professions et occupations qui étonnaient tout le monde, surtout la presse, surtout les gardiens, surtout l'opinion : prêtre, médecin, policier, gendarme, chef d'entreprise, commerçant sédentaire, maire, ingénieur, sociologue, gardien de prison. Le discours de certains avocats qui se lovaient dans cet étonnement, s'en servaient dans leur argumentation : « Mon client supporte d'autant plus mal la prison qu'il n'y était pas préparé. » Je l'ai entendu.

Se préparer à la prison. Tous.

Il y avait une petite pièce pour les fouilles. La fouille pouvait être partielle ou complète : dans ce dernier cas, les gardiens demandaient au détenu de se déshabiller entièrement, puis d'écarter les jambes, de mettre un pied sur une chaise, et d'éternuer. La fouille complète faite systématiquement sur un détenu pouvait arriver à le casser. « C'est parfois un bon moyen contre les durs. » Un gardien disant cela à un de ses jeunes collègues. Le métier et ses ficelles.

Une mère qui était venue rencontrer le chef du service social : son fils de dix-sept ans incarcéré depuis quelques mois lui envoyait des lettres inquiétantes dans lesquelles il disait que là, en prison, « tout le monde était gentil », qu'« il faisait plein de choses intéressantes », et qu'« on mangeait bien ». La mère était en larmes : « Faites quelque chose, monsieur, il se croit en colonie ! »

Nous étions quelques-uns, un petit groupe dans lequel je m'incluais, dans lequel je me suis toujours inclus, sans me forcer. C'était comme ça. Le cours était assez souvent interrompu : un gardien venait qui appelait tel ou tel : « Parloir avocat ! » « Audience ! » « Dentiste ! » Le détenu se levait, s'excusait, sortait. Je remplissais un grand cahier sur lequel je notais le nom des présents, le jour, le mois. Il avait une couverture bleue. D'une semaine à l'autre, le groupe changeait. Des départs, des arrivées.

Bien souvent, on mesurait les années d'incarcération au volume de la musculature du détenu. Bien des gardiens aussi étaient des habitués des salles d'entraînement, celle du dedans ou celles du dehors. Communauté de la fonte soulevée.

Le nombre de détenus qui m'avouaient qu'ils ne pouvaient rien faire, rien. Ni lire, ni écrire, ni se concentrer sur une émission radiophonique ou télévisuelle. Rien. La prison agissait comme un lavage qui emportait les fonctions intellectuelles même les plus rudimentaires. Ne restaient à l'homme, dans bien des cas, que les réflexes, les mécanismes végétatifs, les élans de survie.

Mohammed M., ancien harki, qui cassait régulièrement ses lunettes. Sa monture était faite de couches de sparadrap superposées. Avec les verres, très épais, cela lui donnait une allure de survivant à une radicale explosion atomique.

Un documentaliste venait quelques

heures par semaine à la prison pour aider les détenus dans leurs éventuelles recherches documentaires, et surtout pour les conseiller dans leur orientation. Le documentaliste restait souvent seul dans sa petite salle, inoccupé, entouré de brochures de l'ONISEP sur lesquelles on voyait en couverture de jeunes lycéens et lycéennes riant et s'apprêtant à dévorer la vie avec leurs dents très blanches. Le documentaliste s'ennuyait. Il exécutait alors des dessins humoristiques inspirés de personnages de bandes dessinées auxquels il donnait les noms des instituteurs, des institutrices. C'est à lui qu'on demandait aussi de faire des affiches, lorsqu'il fallait annoncer un pot, la tenue d'un petit concert, un événement quelconque. S'il n'orientait pas, ses heures malgré tout étaient bien remplies. Les instituteurs et les gardiens disaient qu'il avait « un sacré coup de patte ».

Maison d'arrêt : il y a d'ordinaire toujours beaucoup de chaleur, d'intimité dans le mot *maison*. L'idée de famille aussi, peut-être.

Yann T. et sa tête de joli garçon, angélique et solide à la fois. Bon élève, il venait d'un lycée dans lequel il préparait le baccalauréat. Un soir, il tua sa grand-mère, son père et tenta d'assassiner sa sœur et son petit frère. En prison, il fut immédiatement protégé et respecté. Des lettres, quantité de lettres, lui venaient du dehors de personnes qu'il ne connaissait pas. Il les gardait dans des boîtes à chaussures. Il avait plusieurs de ces boîtes dans sa cellule. Certaines lettres contenaient des photographies. Je me rappelle l'une d'elles où l'on voyait une jeune femme en sous-vêtements de latex, les cuisses écartées, debout, qui souriait. Elle lui avait laissé son adresse ainsi qu'un numéro de téléphone.

Les détenus m'appelaient « Prof ». Venant d'eux, cela ne m'a jamais irrité. Je détestais ce nom pourtant. Je le détestais. Mais la prison incite à gommer les hommes et à ne voir en eux que des fonctions : « prof », « surveillant », « chef », « détenu ». Il n'y avait donc rien de péjoratif dans cette appellation. Il n'y avait qu'une évidence et un fossé. Nous n'étions pas semblables.

Le copain d'enfance croisé en prison. Le fait de me dire que finalement, c'était normal de le retrouver là, lui qui, adolescent, ne cessait de commettre de petits larcins, de voler des mobylettes, d'être impliqué continuellement dans des bagarres au couteau — il en avait d'ailleurs gardé deux minces cicatrices sur la joue qui prolongeaient son rire. Lui me reconnaissant aussi, m'apprenant qu'il était devenu gardien depuis dix ans, et qu'il venait d'être muté dans cet établissement : quand je l'avais aperçu, il sortait du bureau du directeur à qui il était venu se présenter, avant de prendre son service, la semaine suivante.

Les avocats, toujours pressés, qui regardaient autour d'eux comme si la terre était constellée de crottes de chien ou de chiures de mouche. Exotisme.

Pour Noël, le repas était amélioré. Mais ceux qui tous les jours mangeaient froid parce que leur cellule était tout au bout du quartier mangeaient aussi froid à Noël. L'amélioration n'était donc que limitée.

Les détenus qui essayaient de s'attirer les faveurs ou l'écoute d'un gardien le flattaient, lui parlaient, lançaient des plaisanteries, demandaient des nouvelles de sa famille, lui faisaient croire qu'ils le trouvaient sympathique et intelligent, essayaient de le tutoyer, tout cela pour avoir une douche en plus par semaine, ne pas être oubliés pour la promenade, ou pour parler, tout simplement.

Ma première visite en prison : un instituteur, seul, y travaillait alors. Il faisait quelques cours, organisait un petit atelier où les détenus pouvaient réparer des transistors, des téléviseurs, des chaînes hi-fi. Tout cela dans une ambiance bon enfant, entre plaisanteries, micro-soudures et règles grammaticales. Les gardiens et les prisonniers le respectaient énormément. Lui aussi les respectait énormément. Impression alors de grande famille réunissant les justes, les fils repentis, les mauvais garçons pas si mauvais que cela. Grand rêve. Belle illusion.

Nous étions quelques-uns à demander régulièrement la mixité des cours. Son interdiction empêchait bien des femmes de suivre l'enseignement qu'elles désiraient. L'interdiction ne fut jamais levée. L'administration avait des craintes : « Cela peut être dangereux ! » « Nous craignons les dérapages. » C'est aussi cela la prison : l'obligation de ne côtoyer qu'un seul sexe, le sien. Vivre dans une humanité amputée à demi.

L'islam mal digéré de beaucoup de prisonniers se découvrant musulmans durant leur incarcération. Les murs défraîchis résonnaient de leurs prières approximatives et de leurs fiévreux ramadans. L'identité panarabe. Ma difficulté à convaincre un Turc qu'il n'était pas arabe. « Vous insultez mes pères ! » avait-il fini par me répondre, avant de claquer la porte.

Le visage rouge à force de baisers donnés et rendus, la jupe froissée et le chemisier encore un peu ouvert de cette jeune femme croisée sur le trottoir de la prison, alors qu'elle sortait d'un parloir, par une fin d'après-midi de mai.

Ozan N. était incarcéré pour coups et blessures, pour vols aussi. Il avait seize ans. Il tenait à être élégant, « mais la vraie classe, pas comme vous, m'sieur ! » : il avait huit joggings différents dont il se plaisait à énumérer les marques : « *Adidas, Tacchini, Nike, Reebok, Ralph Lauren, Fila, Puma, Lacoste.* » *Lacoste* était son préféré. Il aimait tout de *Lacoste*. Il était capable d'en parler des heures. Il s'apprêtait à être père. Son amie était dehors. Elle accouchait bientôt. « Quand le gamin y naît, direct je l'habille en *Lacoste*, m'sieur ! »

Les libérations avaient lieu le matin. Le libérable passait au greffe, reprenait ses papiers, empochait son pécule, puis allait dans le sas d'entrée. Le plus souvent, il était tendu, encore anxieux, souriait nerveusement. Les réactions des gardiens étaient très variables : elles allaient de l'indifférence à la moquerie. Parfois, une poignée de main et quelques encouragements sincères. Je me souviens d'un détenu, Breton d'origine, qui, libéré un matin, fut incarcéré de nouveau le soir même : n'ayant pas d'argent pour se payer le train et rentrer chez lui, il avait volé une voiture et s'était fait prendre.

Georges R. avait tué sa mère. Pendant dix ans, elle n'avait cessé de lui répéter qu'il était un bon à rien. Tous deux partageaient un petit appartement dans un village. Il avait une pension d'invalidité qu'il buvait dans les deux cafés du bourg. Un soir, il tira deux balles dans la nuque de sa mère qui regardait la télévision : « Elle a rien senti, moi non plus. » Georges avait quarante-sept ans. Il se plaisait bien en prison. Les autres le considéraient comme un homme. C'était la première fois. Il avait des problèmes de varices. Il s'était mis à écrire son histoire, sur mes conseils. Il me faisait lire. Cela s'appelait *Mes années prison*. C'était comme une rédaction d'un enfant de dix ans : il y avait des lavandières, des sœurs en cornette, des parties de cachettes, des goûters fumants et des hivers pleins de neige. C'était rempli de fautes. J'aimais beaucoup.

Je rencontrais des gardiens parfois le week-end, en ville, dans des magasins, des supermarchés. La plupart d'entre eux portaient le pantalon bleu marine et la chemise bleu pâle de service. Ils étaient avec leurs enfants, leurs épouses. Ils avaient une vie. Dans leurs mains, ils agitaient leurs clefs de voiture, comme ils agitaient la semaine les clefs des portes de la prison.

Le profond silence qui suivit la projection du film *Un roi sans divertissement* de François Leterrier, d'après le roman de Jean Giono. Et puis Éric T., un jeune gars de vingt-trois ans, qui venait du Nord, attendait d'être jugé pour le meurtre d'une étudiante et sa décapitation, finit par dire, avec la gorge nouée : « Vous en avez d'autres, des films comme ça, Prof ? » Il avait de grands yeux bleus et des mains très fines. Il me parlait souvent de sa petite fille qui venait d'avoir trois ans.

Ali D. avait le même âge que moi. Faisant le compte tandis que nous parlions, il s'aperçut qu'il avait déjà passé la moitié de sa vie en prison. J'avais trente-trois ans à cette époque. Ali marchait sur les coursives en ne baissant jamais la nuque. Les gardiens le craignaient. Il aimait Chet Baker. Il fut transféré dans le Nord, à Loos. Je ne le revis jamais. Il avait une petite fille, conçue lors d'une brève période de liberté. Il était né à Belleville. Quand il était enfant, il capturait les chats, les enflammait, et les jetait dans le vide du haut du toit de certains immeubles. Cela m'avait horrifié. Pourquoi ces meurtres de chats m'étaient-ils apparus plus réels que tous les meurtres commis par les détenus que je rencontrais ? Par la suite, Ali devint braqueur. Nous avions beaucoup de souvenirs communs, sans jamais nous être pourtant connus.

Début janvier, les détenus qui venaient en cours me présentaient leurs vœux, de bonheur, de santé. Certains fabriquaient même de petites cartes durant les deux semaines pendant lesquelles nous ne nous voyions pas. De petites cartes qu'ils me donnaient alors, avec des dessins malhabiles, des fautes d'orthographe, souvent. Moi, je ne savais pas trop quoi leur répondre. Je leur disais merci. Je souriais. Eux aussi souriaient. Il y avait un silence. Et puis je pensais aux années. À toutes les nouvelles années.

Voilà, je crois que j'ai tout dit. Tout dit de ce que je savais, de ce que j'ai retenu. Ce peut être un témoignage ou, plus exactement, un faux témoignage, car il me manque quelque chose d'essentiel pour parler de la prison, c'est d'y avoir passé une nuit. Je ne sais pas au fond si l'on peut parler de la prison quand on n'y a jamais dormi. Toutes les heures où j'ai été dans ces murs composent bien des jours, oui, des mois même, mais pas une nuit, pas une seule. Et puis, ce qui alourdit mon faux témoignage, c'est que je n'ai connu la prison que d'un seul côté.

Tous les gens admirables et humains que j'ai pu croiser pendant onze années, en prison, tandis que j'allais y parler de littérature, trois fois par semaine : gardiens, détenus, visiteurs, travailleurs sociaux, instituteurs, magistrats, personnels administratifs, personnels de santé, gradés. Oui, admirables et humains, il y en avait.

Tous les gens médiocres et pervers que j'ai pu croiser pendant onze années, en prison, tandis que j'allais y parler de littérature, trois fois par semaine : gardiens, détenus, visiteurs, travailleurs sociaux, instituteurs, magistrats, personnels administratifs, personnels de santé, gradés. Oui, médiocres et pervers, il y en avait.

La petite phrase, qui faisait rêver tous les détenus que j'avais en cours parce qu'elle ouvrait alors toutes les portes, phrase que j'ai prononcée des milliers de fois devant les interphones : « Claudel, professeur... », phrase que désormais je ne prononcerai plus jamais.

Philippe Claudel
dans Le Livre de Poche

Les Âmes grises n° 30515

« Elle ressemblait ainsi à une très jeune princesse de conte, aux lèvres bleuies et aux paupières blanches. Ses cheveux se mêlaient aux herbes roussies par les matins de gel et ses petites mains s'étaient fermées sur du vide. Il faisait si froid ce jour-là que les moustaches de tous se couvraient de neige à mesure qu'ils soufflaient l'air comme des taureaux. On battait la semelle pour faire revenir le sang dans les pieds. Dans le ciel, des oies balourdes traçaient des cercles. Elles semblaient avoir perdu leur route. Le soleil se tassait dans son manteau de brouillard qui peinait à s'effilocher. On n'entendait rien. Même les canons semblaient avoir gelé. "C'est peut-être enfin la paix... hasarda Grosspeil. – La paix mon os !" lui lança son collègue qui rabattit la laine trempée sur le corps de la fillette. » *Les Âmes grises* (Prix Renaudot 2003, consacré meilleur livre de l'année 2003 par le magazine *Lire*, Grand Prix des lectrices de *Elle* catégorie roman) a été traduit dans vingt-cinq pays.

Le Café de l'Excelsior n° 30748

Viens donc Jules, disait au bout d'un moment un buveur raisonnable, ne réveille pas les morts, ils ont bien trop de choses à faire, sers-nous donc une tournée... Et Grand-père quittait son piédestal, un peu tremblant, emporté sans doute par le souvenir de cette femme qu'il avait si peu connue, si peu étreinte, et dont la photographie jaunissait au-dessus d'un globe de verre enfermant une natte de cheveux tressés qui avaient été les siens, et quelques pétales de roses à demi tombés en poussière. Il saisissait une bouteille, prenait son vieux torchon à carreaux écossais et, lent comme une peine jamais surmontée, allait remplir les verres des clients.

Le Monde sans les enfants et autres histoires   n° 31073

Vingt histoires, à dévorer, à murmurer, à partager. Vingt manières de rire et de s'émouvoir. Vingt prétextes pour penser à ce que l'on oublie et pour voir ce que l'on cache. Vingt chemins pour aller du plus léger au plus sérieux, du plus grave au plus doux. Vingt façons de se souvenir de ce qu'on a été et de rêver à ce que l'on sera. Vingt regards pour saisir le monde, dans sa lumière et dans ses ombres. Vingt raisons de rester des enfants ou de le redevenir. Vingt sourires. Vingt bonheurs. Vingt battements de cœur.

La Petite Fille de Monsieur Linh   n° 30831

C'est un vieil homme debout à l'arrière d'un bateau. Il serre dans ses bras une valise légère et un nouveau-né, plus léger encore que la valise. Le vieil homme se nomme Monsieur Linh. Il est seul désormais à savoir qu'il s'appelle ainsi. Debout à la poupe du bateau, il voit s'éloigner son pays, celui de ses ancêtres et de ses morts, tandis que dans ses bras l'enfant dort. Le pays s'éloigne, devient infiniment petit, et Monsieur Linh le regarde disparaître à l'horizon, pendant des heures, malgré le vent qui souffle et le chahute comme une marionnette.

Du même auteur :

Meuse l'oubli, *roman, Balland, 1999*
Quelques-uns des cent regrets, *roman, Balland, 2000*
J'abandonne, *roman, Balland*
Au revoir Monsieur Friant, *roman, Éditions Phileas Fogg, 2001*
Nos si proches orients, *récit, National Geographic, 2002*
Carnets cubains, *chronique, librairies Initiales, 2002 (hors commerce)*
Les Petites Mécaniques, *nouvelles, Mercure de France, 2003*
Les Âmes grises, *roman, Stock, 2003*
La Petite Fille de Monsieur Linh, *roman, Stock, 2005*
Le Monde sans les enfants et autres histoires, *nouvelles, Stock, 2006*
Le Rapport de Brodeck, *roman, Stock 2006. Prix Goncourt des lycéens, 2007*
Petite fabrique des rêves et des réalités, *Stock, 2008.*

Ouvrages illustrés

Le Café de l'Excelsior, *roman, avec des photographies de Jean-Michel Marchetti, La Dragonne, 1999*
Barrio Flores, *chronique avec des photographies de Jean-Michel Marchetti, La Dragonne, 2000*
Pour Richard Bato, *récit, collection « Visible-lisible », Æncrages & Co, 2001*
La Mort dans le paysage, *nouvelle, avec une composition originale de Nicolas Matula, Æncrages & Co, 2002*
Mirhaela, *nouvelle, avec des photographies de Richard Bato, Æncrages & Co, 2002*
Trois nuits au Palais Farnese, *récit, éditions Nicolas Chaudun, 2005*
Fictions intimes, *nouvelles, sur des photographies de Laure Vasconi, Filigrane Éditions, 2006*
Ombellifères, *nouvelle, Circa 1924, 2006*

Composition réalisée par EURONUMÉRIQUE

Achevé d'imprimer en octobre 2008 en Espagne par
LIBERDÚPLEX
Sant Llorenç d'Hortons (08791)
Dépôt légal 1re publication : novembre 2003
Édition 05 - octobre 2008
LIBRAIRIE GÉNÉRALE FRANÇAISE – 31, rue de Fleurus – 75278 Paris Cedex 06